LE MENDIANT

DANS UNE FERME

DE NORMANDIE

OU

LE MALHEUREUX CONSOLÉ

PAR

L'ABBÉ L. GRIMBERT.

A. M. D. G.

Prix : 10 centimes.

PARIS

GUYOT ET ROIDOT, LIBRAIRES-ÉDITEURS

Rue de Grenelle-St-Germain, 11.

SEEZ

ROCHER, LIBRAIRE

Rue Billy.

LE MENDIANT

DANS UNE FERME

DE NORMANDIE

ou

LE MALHEUREUX CONSOLÉ

PAR

L'Abbé **L. GRIMBERT**.

A. M. D. G.

Prix : 10 centimes.

PARIS

GUYOT ET ROIDOT, LIBRAIRES-ÉDITEURS

Rue de Grenelle-St-Germain, 11.

SÉEZ

ROCHER, LIBRAIRE

Rue Billy

1863

Paris. — Imprimé chez Bonaventure et Ducessois,
Quai des Grands-Augustins, 55.

PROLOGUE

Adresser quelques paroles de consolation chrétienne à ceux qui sont dans la douleur, exhorter les riches à redoubler de zèle pour secourir les pauvres, enfin donner à ceux-ci quelques avis de morale, tel est le but que je me suis proposé dans cet opuscule.

J'ai cru devoir exciter davantage l'intérêt du lecteur en lui donnant la forme d'un dialogue entre une petite fille qui vient de faire sa première communion, par conséquent bien instruite de sa religion, et un pauvre mendiant qui est venu demander l'hospitalité dans une ferme.

Mon désir est que ce petit livre puisse être *donné* par les personnes pieuses en *aumône* spirituelle aux nombreux indigents dont l'âme n'est souvent pas moins digne de compassion que le corps.

Voilà pourquoi j'ai dû me restreindre dans des bornes si étroites.

De précieux encouragements que j'ai déjà reçus me font espérer un bienveillant accueil.

L. GRIMBERT,
prêtre.

Paris, fête de saint Joseph, 19 mars 1863.

LE MENDIANT

DANS UNE FERME DE NORMANDIE

LOUISE.

C'est moi, père Nicolas, qui vous apporte un morceau de pain pour votre souper. Dès que j'ai su que vous étiez logé dans cette étable, j'ai demandé à maman la permission de venir vous voir, ce qu'elle m'a accordé de grand cœur. Comme il y a plusieurs semaines que vous n'étiez venu dans notre village, je dois commencer par vous apprendre que j'ai eu le bonheur dernièrement de faire ma première communion. Aussi vous voyez comme j'ai grandi depuis, et, maintenant, je n'aurai plus peur de vos histoires de Croquemitaine que vous me contiez autrefois.

PÈRE NICOLAS.

Je vous remercie, mademoiselle Louise, de votre aimable bonté. Je rencontre rarement d'aussi bons cœurs que le vôtre. Je suis donc bien content de vous voir forte et bien portante, mais surtout de savoir qu'on vous a jugée digne, malgré votre jeune âge, de recevoir notre Sauveur, je suis assuré qu'il a trouvé en vous une demeure bien préparée.

LOUISE.

Je m'y suis préparée le mieux qu'il m'a été possible. Mais savez-vous, père Nicolas, que vous allez avoir ici, dans cette étable, un asile semblable à celui où Marie et Joseph, renvoyés des hôtelleries de Bethléem à cause de leur pauvreté, furent obligés de se réfugier à la naissance de Jésus-Christ? Il me semble que, à votre place, j'y passerais la nuit avec bonheur ; je croirais quelquefois entendre les chants des anges annonçant aux bergers du voisinage que leur Sauveur vient de naître, et puis, je me figurerais ces bergers se mettant à genoux auprès de la crèche où la sainte Vierge avait posé le saint Enfant ; ces bœufs même me rappelleraient le bœuf qui réchauffa de son haleine les membres du petit Jésus tout grelottant de froid. Cette paille et ce foin valent bien aussi la paille et le foin qui lui servit de berceau. Vous pensez à tout cela, n'est-ce pas, père Nicolas, chaque fois qu'il vous arrive d'avoir, pour passer la nuit, un pareil abri ?

PÈRE NICOLAS.

Ce que vous venez de me dire est très-beau et très-vrai, ma chère demoiselle, mais je n'y avais jamais songé. Nous n'avons pas assez d'esprit pour cela, nous autres pauvres mendiants, et d'ailleurs nous avons bien d'autres choses qui nous occupent. Oh! si vous saviez, que les temps sont durs! comme la misère est grande chez les malheureux!

Il paraît que ce sont les guerres que se font les Américains qui sont cause de toutes nos souffrances. Je voudrais bien que ces gens-là sussent tout le mal qu'ils font aux pauvres ouvriers de France en les privant de travail. Leurs coups de canon retentissent jusque dans nos chaumières, et, s'ils continuaient encore longtemps, ils feraient presque autant de victimes chez nous qu'en Amérique.

Les années précédentes, nous étions heureux en travaillant; mon fils, qui est bon ouvrier, gagnait de quoi subvenir à l'entretien de sa petite famille, et moi, malgré mes soixante-quinze ans, par mon travail je me suffisais presque à moi-même; du reste, mon fils ne m'aurait laissé manquer de rien. Mais les temps sont bien changés, mademoiselle Louise; quand nos petites épargnes ont été épuisées, nous avons vendu, pour acheter du pain, tout ce que nous-possédions de meubles; mais c'était bien peu de chose, et la faim n'a pas tardé à se faire sentir de nouveau. Ce matin, quand je suis parti de la maison, nous n'avions pas un morceau de pain pour déjeuner, et je vous assure que je n'ai pu retenir mes larmes en voyant mes petits-enfants, qui sont aimables comme de petits anges, venir me trouver en me disant : Bon papa, nous avons bien faim, donnez-nous donc du pain !

LOUISE.

J'étais bien loin de penser que votre misère fût si grande. Vous auriez dû amener avec vous vos petits-enfants, car comment ont-ils pu passer la journée sans manger?

PÈRE NICOLAS.

Ils sont allés mendier d'un autre côté avec leur père, qui lui aussi n'avait rien goûté depuis hier matin, et j'espère qu'ils ont rencontré, comme moi, des âmes charitables.

LOUISE.

Demain matin, père Nicolas, avant que vous ne partiez, je demanderai encore à maman un gros morceau de pain et quelques belles pommes pour que vous les portiez à vos petits-enfants. Si je pouvais, je vous donnerais davantage, mais il y a tant d'autres malheureux, que mes parents, qui ne sont que des fermiers, ne peuvent pas donner beaucoup à chacun.

Le sort des malheureux qui, en ce moment, manquent d'ouvrage est assurément bien digne de compassion. Mais on a beau dire que ce sont les guerres d'Amérique qui privent les ouvriers de travail; pour moi, je crois plutôt que c'est le bon Dieu qui, par ce moyen, veut les punir un peu et les ramener à lui par les épreuves de la misère. Ce n'est pas à vous, père Nicolas, qu'on pourrait faire quelque reproche, car je sais que vous avez toujours été un bon chrétien. Mais tous les ouvriers n'étaient pas comme vous. Combien n'en voyait-on pas qui, les années dernières où ils gagnaient de gros salaires, semblaient se moquer du bon Dieu, travaillaient le dimanche au lieu d'aller aux offices et passaient le lundi au cabaret, d'autres jurant et blasphémant à chaque instant. Tout cela devait avoir un terme. Malheureusement la colère du bon Dieu frappe les innocents aussi bien que les coupables, mais on peut croire que c'est pour des motifs bien différents ; c'est pour châtier les uns et pour éprouver la vertu des autres, car M. le curé nous a dit souvent au catéchisme que Dieu envoyait des afflictions aux gens les plus vertueux aussi bien qu'aux impies, et, à ce sujet, il nous racontait une histoire bien touchante du temps passé. Si vous vouliez, père Nicolas, je vous la raconterais aussi.

PÈRE NICOLAS.

Assurément oui, je le veux bien ; si elle est de nature à me consoler, je la redirai à tous ceux qui souffrent comme moi.

LOUISE.

Il y avait autrefois un homme puissant et riche qui s'appelait Job ; c'était un homme bien religieux et faisant beaucoup de bonnes œuvres. Pendant de longues années, tout lui réussit à merveille ; ses champs lui rapportaient d'abondantes moissons, ses troupeaux prospéraient, ses nombreux domestiques le servaient avec affection comme s'il eût été leur père, ses enfants grandissaient et étaient tous bien portants ; en un mot, rien ne manquait à son bonheur.

Mais voilà qu'un jour le diable, qui voyait depuis longtemps avec un œil d'envie tout le bien que Job faisait sur la terre et la prospérité dont il jouissait, s'avisa de dire au bon Dieu que si Job était vertueux, c'était parce qu'il était comblé des faveurs de la fortune, mais que s'il venait à être réduit à la misère, on le verrait bientôt murmurer contre le ciel et toutes ses belles vertus disparaître.....

PÈRE NICOLAS.

Et que répondit le bon Dieu à cet esprit jaloux et haineux? Pour moi, je l'aurais bel et dûment renvoyé brûler au fond de l'enfer sans tenir nul compte de ses réflexions.

LOUISE.

Il agit autrement et voulut prouver à Satan que la vertu de Job était inébranlable. Je crois d'ailleurs que c'est le bon Dieu qui a dit que le cœur de l'homme vertueux ressemble à l'or qui se purifie en passant par le feu et brille ensuite d'un plus vif éclat; c'est ainsi que la vertu grandit au milieu des épreuves et des souffrances.

Job se vit réduit tout d'un coup à la plus profonde misère et affligé des plus grands malheurs qui peuvent accabler un homme sur la terre. Dans le même jour, ses moissons furent toutes dévastées par les ennemis, ses troupeaux enlevés, ses serviteurs égorgés; ses maisons devinrent en quelques heures la proie des flammes, ou bien furent renversées par l'ouragan, et ses enfants, qui s'y croyaient en sûreté, furent écrasés sous leurs décombres. Et voilà que cet homme, qui la veille encore habitait une superbe demeure, est réduit à coucher sur un tas de fumier.

Vous croyez peut-être, père Nicolas, que, dans cet abîme de malheurs, Job va se livrer au désespoir, se répandre en murmures et en blasphèmes contre Dieu; mais écoutez-le plutôt s'écrier avec une admirable résignation : *le Seigneur m'avait donné de grands biens; il m'avait donné une nombreuse famille et il vient de tout m'enlever; je me soumets à sa divine volonté; que son saint nom soit béni!* Voilà comment nous devrions tous supporter les malheurs qui nous affligent.

La Doctrine chrétienne nous dit, père Nicolas, que notre existence sur la terre doit toujours être accompagnée de souffrances et d'épreuves. Il y en a de bien des sortes, les unes pour les pauvres, les autres pour les riches; les unes pour les gens vertueux, les autres pour les impies. Et quand même quelques-uns, malgré leurs fautes, sembleraient jouir en paix de la prospérité, cette prospérité ne durera pas toujours. Quand la mort viendra les surprendre, elle les arrachera violemment de la vie, comme je voyais il n'y a pas longtemps un chêne déraciné par un vent furieux. Ces arbres ainsi arrachés par le vent ne sont jamais propres à être transplantés. Au contraire, ceux dont le jardinier dégage habilement les racines l'une après l'autre prennent sans peine vie dans un nouveau terrain. Nous aussi, nous sommes des arbres plantés pour un temps sur la terre. Notre cœur s'y attache bien vite et souvent y tient par beaucoup de racines. Il faut donc que les souffrances viennent l'en dégager petit à petit, afin que, quand la mort nous enlèvera, nous soyons propres à être transplantés dans le ciel, notre véritable patrie.

Je vous avoue cependant que ce n'est pas moi qui puis bien parler des afflictions de la vie humaine, car à mon âge on ne connaît guère le malheur; mais j'ai souvent entendu dire qu'il y avait des peines de cœur, des inquiétudes d'esprit pour les gens même qu'on croyait les plus heureux, et que, dans les belles maisons, habitaient quelquefois bien des soucis, bien des chagrins qu'il fallait dérober en secret. Du reste, vous savez, 1 ère Nicolas, que les gens les plus riches ne sont pas moins sujets aux maladies que les pauvres, et la mort vient souvent les trouver avant leurs soixante-quinze ans. Vous qui allez mendier dans les maisons riches, pourriez-vous m'en nommer beaucoup où vous ne connaissiez aucun sujet de tristesse, sans parler des peines intérieures que Dieu seul connaît? Dans une famille, c'est un père que la mort vient tout d'un coup ravir à l'affection de ses enfants; dans une autre, c'est un fils unique, seul espoir et dernière consolation de ses parents, que Dieu appelle à lui. Ailleurs, ce sont des embarras d'affaires, des inquiétudes de commerce où l'on craint sans cesse de voir sa fortune ruinée.

Soyez donc bien persuadé, père Nicolas, que le vrai bonheur n'habite pas plus sous les lambris dorés que sous les toits couverts de chaume. Le seul moyen d'être heureux est de savoir supporter avec résignation les peines que le bon Dieu nous envoie. Pendant la belle saison, j'ai souvent pris plaisir à considérer les abeilles, allant indistinctement sur toutes les fleurs qu'elles rencontrent. Sur les plus amères, elles recueillent une liqueur qu'elles savent transformer en un miel délicieux. L'amertume de nos souffrances se changera de même en douces consolations.

PÈRE NICOLAS.

Vous parlez absolument comme un ange, mademoiselle. J'accepterais volontiers vos maximes, si du moins Dieu eût voulu me placer dans une honnête médiocrité de fortune qui, me mettant à l'abri du besoin, pût me permettre de vivre tranquille, sans être obligé d'aller tous les jours, malgré la rigueur du temps, mendier le morceau de pain qui doit me conserver la vie.

LOUISE.

Mais notre Sauveur n'a même pas voulu prendre pour lui-même cette honnête médiocrité de fortune. Vous savez qu'il ne possédait rien sur la terre, pas même une pierre pour reposer sa tête, et, comme vous, il était souvent obligé de vivre d'aumônes.

PÈRE NICOLAS.

Puisque vous me rappelez ici l'exemple que nous donne Jésus-Christ par sa pauvreté, je me permettrai de vous dire qu'après avoir connu et enduré les souffrances du pauvre, il a eu soin, dans son Évangile, de recommander aux riches de nourrir les malheureux, de donner un morceau de pain à ceux qui ont faim et des vêtements à ceux qui sont nus. Grâce à Dieu, la morale évangélique est observée par beaucoup de chrétiens. Quand je viens ici, par exemple, me présenter à la porte de vos parents, je suis toujours bien accueilli. Je reçois un bon morceau de pain ou bien quelques vieux habits pour me garantir du froid, et quand même je ne recevrais rien, je me retirerais encore content, car je ne serais pas renvoyé brutalement; votre bonne maman a toujours, comme vous, quelques paroles de consolation à adresser au malheureux. Mais toutes les maisons des riches ne ressemblent pas à celle de vos parents. Quelquefois il m'arrive d'aller demander l'aumône à la porte de gens qui font d'énormes dépenses pour entretenir le luxe de leur maison, donnent souvent de grands festins à leurs amis et qui ne veulent pas même en donner les miettes aux pauvres. J'entends du dehors les bruyants éclats de rire des convives, et le choc des verres pleins de vin; mais c'est inutilement que j'implore leur compassion en faveur de ma misère; on feint de ne pas m'entendre, ou l'on m'ordonne de m'éloigner pour ne pas les incommoder de mes soupirs et troubler par mes larmes la joie de leur festin. Voilà ce qui me gonfle le cœur de chagrin plus que tout ce que j'endure de froid et de faim! Ce n'est pas de cette façon que M. le curé recommande dans la chaire à ceux qui sont riches de secourir les malheureux. Mais il est probable que ceux qui traitent ainsi les pauvres ne vont guère écouter les sermons. Je me suis souvent rappelé l'histoire du pauvre Lazare à la porte du mauvais riche, et je crois que plus d'une fois j'ai moi-même représenté Lazare à qui on refusait les miettes qui tombaient de la table de cet homme sans cœur.

LOUISE.

Vous savez, sans doute, père Nicolas,

la fin de cette histoire. Le riche ne jouit pas longtemps de ses biens, et quand la mort l'eût enseveli pour toujours au fond des enfers, il enviait à son tour le sort heureux du pauvre dans le Paradis. Mais malheureusement tous les pauvres d'aujourd'hui ne sont pas aussi vertueux que Lazare. Il en est qui semblent parfois exiger l'aumône comme une chose qui leur est due. Sans doute l'Évangile prescrit au riche de faire l'aumône, mais il ne dispense pas pour cela le pauvre de la demander humblement et d'en être reconnaissant; car le riche reste toujours libre de distribuer son aumône, comme il veut et à qui il veut. On voit aussi des pauvres aller au cabaret dépenser ce qu'on leur a donné par charité. Ces exemples, sans doute, sont rares maintenant que la misère est si grande; mais vous conviendrez, père

Nicolas, que ce serait bien honteux de voir, pendant que ces misérables sont à s'enivrer, leurs enfants mourir de faim chez eux. Ils sont ainsi souvent, sans le savoir, la cause pour laquelle les gens riches ne font pas l'aumône comme ils pourraient la faire, « car ils ne veulent pas, disent-ils, que leurs aumônes aillent enrichir les cabaretiers. » Je n'ai jamais vu maman refuser de secourir les malheureux qui viennent à la ferme, et pourtant elle me gronda bien fort l'autre jour pour avoir donné quelque chose à un pauvre qui a le vilain défaut d'aller quelquefois au cabaret. Le bon Dieu, qui lisait au fond de mon cœur, ne m'aurait pas grondée ainsi, j'en suis bien sûre, pour avoir fait l'aumône à ce malheureux qui me paraissait vraiment digne de compassion. Mais vous savez, père Nicolas, que les jugements des hommes

sont souvent bien différents des jugements de Dieu.

PÈRE NICOLAS.

Je ne blâme pas la conduite de votre
mère, car ceux qui vont au cabaret ne
méritent pas non plus à mes yeux qu'on
leur fasse l'aumône. Mais pourtant, leurs
malheureux enfants, qui sont trop jeunes
pour aller mendier leur vie, sont toujours bien dignes de pitié, et si l'on
craint que leur père, au lieu d'acheter
du pain avec l'argent qu'on lui donne-
rait, n'aille le dépenser en débauche, il
vaudrait mieux lui donner un morceau
de pain; il serait bien forcé de l'emporter
pour sa famille.

LOUISE.

Mais il faut ajouter, père Nicolas, que
la passion de boire leur a même fait
imaginer un moyen de changer, sans
faire de miracle, leurs morceaux de pain

en eau-de-vie; car il y a des pauvres qui n'ont pas honte de les revendre, et quelqu'un nous assurait l'autre jour qu'il y avait aussi des cafetiers qui osaient recevoir en payement des pauvres ces morceaux de pain, pour en nourrir des animaux.

PÈRE NICOLAS.

Eh bien ! si je connaissais des cafetiers assez mauvais pour favoriser ainsi la débauche et perdre le pain que le bon Dieu donne pour la nourriture de l'homme, j'irais tout de suite les dénoncer à M. le maire, afin de faire interdire leur cabaret.

LOUISE.

Ceux qui font cet odieux trafic ont grand soin, sans doute, de prendre leurs précautions pour n'être pas connus. Il paraît d'ailleurs que ces sortes de cabarets sont ordinairement situés dans des endroits retirés, où leurs habitués puissent aller sans être vus. Mais je ne suis pas surprise, père Nicolas, que vous n'en connaissiez pas le chemin, et j'espère que vous ne le connaîtrez jamais.

PÈRE NICOLAS.

Assurément non, mademoiselle; quand je souffre de la soif, ce n'est pas à l'auberge que je vais l'apaiser; je demande un verre d'eau à quelque personnne charitable, on ne peut pas me le refuser; ou bien, passant auprès d'une fontaine, je m'y désaltère en buvant dans le creux de ma main comme devait faire notre grand père Adam. Je puis vous assurer que, de toutes les privations auxquelles la misère m'assujettit, c'est celle-là que je supporte le plus gaiement et qui me cause le moins d'inquiétude. Je ne suis pas assuré de toujours avoir un morceau de pain pour apaiser ma faim ni quelques misérables vêtements pour me couvrir, mais je puis toujours espérer de trouver facilement une fontaine, un ruisseau où je puisse étancher ma soif.

LOUISE.

Si vous avez bien soin, père Nicolas, de demander au bon Dieu avec ferveur, dans le *Notre Père*, votre pain quotidien, chaque matin avant de vous mettre en route, vous pouvez être certain que le pain ne vous manquera jamais non plus. Le bon Dieu veillera à ce que votre besace se remplisse chaque jour des morceaux de pain nécessaires à vous et à votre famille. Car celui qui donne aux oiseaux du ciel leur nourriture et aux fleurs des champs toute leur beauté ne laissera pas mourir de faim l'homme qui met en lui sa confiance.

Vous passez aussi quelquefois auprès des églises où le bon Dieu habite comme un pauvre prisonnier dans le tabernacle ; personne ne songe à aller le visiter ; vous lui feriez grand plaisir, j'en suis sûre, si vous entriez pour lui faire une petite prière, lui exposant vos peines et vos fatigues avec une grande simplicité et le conjurant de les adoucir un peu. Vous sortiriez de l'église le cœur soulagé et plus courageux à souffrir. Essayez, père Nicolas, ce baume de consolation, et vous me direz, dans quelques jours, que j'ai eu raison de vous donner ce conseil.

Quand vous restez chez vous ou que vous y rentrez de bonne heure le soir, vous devriez aussi faire votre prière comme nous la faisons à la ferme. Nous nous agenouillons tous ensemble autour du foyer devant un grand crucifix de bois placé sur la cheminée. Maman récite tout haut la prière qui est dans le catéchisme, et tout le monde, maîtres et domestiques, grands et petits, répondent pieusement. Il n'y a que Mathurin, notre berger, qui trouve parfois la prière un peu longue et le pavé un peu dur pour ses genoux. Ce serait bien beau si, dans toutes les familles riches et pauvres, on faisait la prière de cette façon-là avant de se séparer pour aller se reposer des fatigues du jour.

Vous allez peut-être dire, père Nicolas, que je suis venu vous faire un bien long sermon, car notre entretien s'est prolongé plus longtemps que je ne comptais. Pourtant, avant de vous quitter, j'aurais encore un petit conseil à vous donner. Quand le bon Dieu fera luire pour vous des jours moins durs, car il faut espérer que cette épreuve aura son terme comme toutes celles qui ont précédé dans le passé, lors donc que vous gagnerez, vous et vos enfants, comme les années précédentes, d'honnêtes salaires, vous ferez bien de vous souvenir du temps présent et de prélever, comme vous faisiez autrefois, sur votre gain de tous les jours un petit tribut pour le temps d'une disette future, semblable à celle dont vous souffrez cette année. C'est encore là malheureusement un grand défaut de l'ouvrier ; beaucoup vivent sans prévoyance comme la cigale dont je lisais l'histoire avant-hier et qui, pour n'avoir rien amassé pendant la belle saison qu'elle passait à se divertir, se trouva, pendant le mauvais temps, réduite à mourir de faim.

PÈRE NICOLAS.

Toutes vos paroles, mademoiselle Louise, resteront à jamais gravées dans mon cœur, et, si le bon Dieu daigne encore prolonger de quelques années ma misérable vie, j'espère en profiter pour suivre vos bons conseils.

Je vous remercie bien sincèrement de vos bontés, et je vous prie de ne pas oublier le père Nicolas qui, lui aussi, pensera souvent à vous et priera pour vous tous les jours.....

FIN.

Paris.—Imprimé chez Bonaventure et Ducessois,
55, quai des Augustins.

www.ingramcontent.com/pod-product-compliance
Ingram Content Group UK Ltd.
Pitfield, Milton Keynes, MK11 3LW, UK
UKHW022233070726
13613UKWH00004B/1921